ok belongs to:

_____

Jeanne Arnold (signature)

Carlos and the CARNIVAL
Carlos y la feria

Story by/*Cuento por*
Jan Romero Stevens

Illustrated by/*Ilustrado por*
Jeanne Arnold

rising moon

Books for Young Readers from Northland Publishing

Gloria whacked the piñata as hard as she could, sending brightly colored pieces of candy scattering in all directions.

Pulling the blindfold from her eyes, she yelled, *"Feliz cumpleaños—*happy birthday, Carlos!" Carlos smiled. Suddenly he felt very grown-up.

He and Gloria quickly gathered the treats that had fallen from the piñata and sat down for a piece of birthday cake. As Carlos was finishing his last bite, his father handed him a gift—two tickets for the carnival and five dollars to spend.

"Now be careful," said Papa, patting Carlos on the back. *"El tonto y su dinero se separan pronto—*a fool and his money are soon parted."

Carlos grinned at his father and sat up very straight. "Papa, did you forget? I'm older now. I know how to handle my own money."

Cuando Gloria le dio a la piñata con todas sus fuerzas, volaron por todas partes caramelos de muchos colores.

Quitándose la venda de los ojos, gritó: —¡Feliz cumpleaños, Carlos! Carlos sonrió. De repente se sentía mucho mayor.

Él y Gloria recogieron rápidamente los dulces que habían caído de la piñata y se sentaron a comer su pastel de cumpleaños. Cuando Carlos estaba terminando su último trozo, su padre le dio un regalo: dos boletos para la feria y cinco dólares para gastar.

—Ahora ten cuidado —dijo su papá, dándole una palmadita en la espalda—. El tonto y su dinero se separan pronto.

Carlos le sonrió a su padre y se sentó bien derecho. —Papá, ¿se te olvidó? Ahora soy mayor. Yo sé cómo cuidar mi dinero.

Carlos and Gloria lived next door to each other in the Española Valley, nestled in the mountains of northern New Mexico. Every year their town celebrated with a summer fiesta, complete with scary carnival rides, colorful street dances, spicy foods, game booths, and a county fair where the town's residents displayed their best pies, jams, vegetables, and farm animals.

This year, Carlos had entered Gordito, a plump, golden-brown rabbit that he had raised from a baby. Gordito was Carlos's favorite rabbit, and he had long, soft ears that hung down past his chin. For months Carlos had taken special care of his pet, feeding him and cleaning his cage every day.

Carlos y Gloria vivían en casas vecinas en el valle de Española, situado al abrigo de las montañas del norte de Nuevo México. Cada año se celebraba en el pueblo una fiesta de verano con emocionantes atracciones, pintorescas danzas callejeras, comidas picantes, quioscos de juegos y una feria donde la gente del lugar exhibía sus mejores tartas, mermeladas, verduras y animales de granja.

Este año, Carlos participaba con Gordito, un conejo gordinflón de color café dorado, que él había criado desde pequeño. Gordito era su conejo favorito, y tenía unas orejas largas y suaves que le llegaban hasta más abajo del mentón. Durante meses, Carlos había cuidado a su animalito de una manera especial, alimentándolo y limpiando su jaula todos los días.

The morning after his birthday, Carlos was up early, anxious to go with Gloria to the carnival. He crammed his pockets with all his change, the money he had earned for taking care of Señor Lopez's dog, and the five dollars his father had given him. He had ten dollars in all. Feeling rich, he left for Gloria's house.

As they walked down the dirt road to town, Carlos and Gloria were excited by the sights and sounds and smells coming from the fair. They could see the whirling Ferris wheel and hear the screams from the people on the scary rides.

A la mañana siguiente de su cumpleaños, Carlos se levantó temprano, impaciente por ir con Gloria a la feria. Se llenó los bolsillos con todas sus monedas sueltas, el dinero que había ganado cuidando al perro del señor López y los cinco dólares que su padre le había dado. Tenía en total diez dólares. Sintiéndose rico, se dirigió a la casa de Gloria.

Mientras caminaban por la senda de tierra hacia el pueblo, Carlos y Gloria se entusiasmaron con lo que ya alcanzaban a ver, oír y oler de la feria. Podían ver la rueda gigante dando vueltas y escuchar los gritos de la gente en las emocionantes atracciones.

A cotton candy machine turned out bright pink and blue fluffs on paper cones. A man pushing a cart called to them: "Tamales, green corn or pork! *Muy sabroso*—very tasty!" Another booth sold bowls of posole (po-SO-lay), a soup made with hominy and red chile, and sopaipillas (so-pah-PEE-yahs), puffy pieces of fried bread.

Carlos and Gloria finally chose sopaipillas and sat down to eat them with butter and honey. Then they began walking around the booths. They stopped where a woman was writing people's names on grains of rice with a fine-tipped pen. Gloria was fascinated, and Carlos decided he would ask the lady to make one for her.

Una máquina de algodón dulce echaba brillantes copos azules y rosados en conos de papel. Un hombre que empujaba una carreta los llamó con su pregón:—¡Tamales, de maíz verde o puerco! ¡Sabrosos tamales! Otro quiosco vendía tazones de pozole, una sopa hecha con maíz molido y chiles rojos, y sopaipillas, trozos inflados de pan frito.

Carlos y Gloria finalmente escogieron las sopaipillas y se sentaron a comérselas con mantequilla y miel. Luego empezaron a caminar por los quioscos. Se detuvieron a ver una mujer que escribía nombres en granos de arroz con una pluma de punta fina. Gloria estaba fascinada, y Carlos decidió pedirle a la señora que hiciera uno con su nombre.

He handed the woman two dollars and watched as she wrote "Gloria" on the tiny grain of rice, then put it in a small glass tube. She hung the tube on a thin chain, and Carlos handed it to Gloria.

"Oh! *Muchas gracias,* Carlos," Gloria said as she admired the new necklace.

"It was nothing," said Carlos, feeling quite pleased with his purchase. He stuffed his remaining money in his pocket and proudly strutted down the path with Gloria beside him.

Le dio dos dólares a la mujer y observó mientras ella escribía "Gloria" en el diminuto grano de arroz y lo ponía luego dentro de un tubito de vidrio. Luego colgó el tubito de una delgada cadena y Carlos se lo entregó a Gloria.

¡Ay, Carlos, muchas gracias! —dijo Gloria mientras admiraba el nuevo collar.

—De nada —dijo Carlos, sintiéndose muy complacido por su compra. Guardó el resto de su dinero en el bolsillo y se pavoneó por la senda, con Gloria a su lado.

At the next booth Carlos and Gloria tested their strength by hitting a large metal stump with a heavy rubber mallet. Gloria swung the hammer first, and a row of lights lit halfway up a tall red column.

"Let me show you how to do that," said Carlos, puffing himself up and grabbing the hammer from her hand. Carlos took a deep breath and drew the hammer way back, but it bounced off the side of the stump and hit his toe instead. "Ay, yi, yi," he yelled in pain.

Embarrassed, Carlos quickly put down the hammer. Hearing the sounds of people on the carnival rides, he coaxed Gloria to go with him on La Tormenta, a ride that jerked and twisted the riders around.

En el quiosco siguiente Carlos y Gloria probaron su fuerza golpeando un gran cilindro de metal con un pesado martillo de caucho. Gloria fue la primera en dar un martillazo, y una hilera de luces se prendió hasta la mitad de una alta columna roja.

—Deja que te muestre cómo se hace —dijo Carlos, dándose importancia y quitándole el martillo de la mano. Carlos respiró hondo y echó el martillo muy hacia atrás, pero le rebotó en un lado del cilindro y se golpeó en un dedo del pie. —¡Ay, ay, ay! —gritó adolorido.

Avergonzado, Carlos soltó el martillo rápidamente. Atraído por los gritos de la gente subida en las atracciones de la feria, convenció a Gloria para que subiera con él a La Tormenta, una atracción que agitaba y contorsionaba a los pasajeros.

Waiting in line, Carlos felt his stomach turn over as he watched the passengers high overhead. But it was too late to turn back, so he and Gloria strapped themselves into a seat. The ride took off with a quick lurch, and Carlos and Gloria were slammed into the sides of their car and then turned upside down. Carlos was very dizzy when the ride finally slowed to a stop.

"*Qué divertido*—what fun!" Gloria shouted, skipping down the ramp from the roller coaster. "Let's go again!"

Mientras esperaban en la fila, Carlos sintió que se le revolvía el estómago viendo a los pasajeros allá arriba. Pero ya era demasiado tarde para marcharse, de modo que él y Gloria ocuparon un asiento y se abrocharon los cinturones. El viaje comenzó con una rápida sacudida, y Carlos y Gloria fueron lanzados contra los lados de su carro y después quedaron con la cabeza hacia abajo. Carlos estaba muy mareado cuando finalmente el carro fue perdiendo velocidad hasta detenerse.

—¡Qué divertido! —gritó Gloria, saltando por la rampa para salir de la atracción—. ¡Vamos otra vez!

Carlos shuddered. He held onto one of the booths, feeling sick to his stomach. "Not right now," he said slowly, bravely trying to smile. He looked up at the game booth where he was standing. Hanging from the sides of the booth were a variety of colorful prizes—stuffed woolly lambs, pink giraffes, and balsa wood airplanes with red propellers that spun in the breeze.

"How cute," said Gloria, pointing to the fuzzy stuffed animals. But Carlos imagined sailing one of the planes into the blue sky.

Carlos estaba mareado. Se apoyó en uno de los quioscos y sintió escalofríos. —Ahora no —dijo lentamente, tratando de sonreír con valentía. Miró el quiosco de juegos donde estaba parado. Colgando de los lados del quiosco había una variedad de coloridos premios: ovejitas de peluche, jirafas rosadas y avioncitos de madera con hélices rojas que giraban con la brisa.

—Qué bonitos —dijo Gloria, señalando los animales de peluche. Carlos pensaba lo lindo que sería tirar uno de esos aviones por el cielo azul.

The man at the booth shouted to them. "Two tries for a dollar. Everyone's a winner!" He reached over, gave a hard spin to a wooden wheel, and threw a dart at the twirling colored balloons. A red one popped.

"It's simple," he said, winking at Gloria. "Each balloon is worth twenty-five points. Get a hundred points, and you pick the prize of your choice."

El hombre del quiosco les gritó: —Dos intentos por un dólar. ¡Todo el mundo gana! —dijo, mientras la daba un buen impulso a la rueda de madera y lanzaba un dardo a los globos de colores que giraban rápidamente. Uno de color rojo se reventó.

—Es simple —dijo, guiñándole un ojo a Gloria—. Cada globo vale veinticinco puntos. Consigue cien puntos y puedes escoger el premio que quieras.

Carlos counted up his money. He still had four dollars, which would give him eight chances to hit four balloons. It would be easy to win.

He slapped a dollar on the counter and picked up two darts. On his first try he missed the balloons entirely, but he popped one on the next throw. He handed the man another dollar and tried again.

Carlos aimed carefully, missed once, then hit a blue balloon—another twenty-five points. "*Qué suerte!*—what luck!" said the man. Carlos had fifty points and two dollars left.

He eagerly handed the man another dollar and threw two more darts, popping another balloon. "Lucky again," the man said. "You're almost there."

Carlos contó su dinero. Todavía tenía cuatro dólares, lo cual le daría ocho oportunidades para reventar cuatro globos. Sería fácil ganar.

Puso de un manotazo un dólar sobre el mostrador y tomó dos dardos. Con el primer dardo falló por completo, pero reventó un globo con el siguiente tiro. Le entregó otro dólar al hombre y probó otra vez.

Carlos apuntó cuidadosamente, falló una vez y luego reventó un globo azul; veinticinco puntos más. —¡Qué suerte! —dijo el hombre. Carlos tenía cincuenta puntos y le quedaban dos dólares.

Con entusiasmo le entregó otro dólar al hombre y lanzó dos dardos más, reventando otro globo. —Tuviste suerte otra vez —dijo el hombre—. Ya casi lo consigues.

"No problema," said Carlos, quickly adding up his score. He had seventy-five points. He only needed to pop one more balloon. He was so close to winning, but he was uncomfortable about spending all his money.

"I'll tell you what," the man said. "I like you. I'll give three tries for that dollar. You're sure to get it this time."

Nodding excitedly, Carlos handed him his last dollar. He took a deep breath, focusing on a red balloon as it spun around the wheel. He stood directly in front of the spinning balloons, squinted, and aimed carefully, but the dart landed between two balloons. On his next try, he missed the wheel entirely!

—No hay problema —dijo Carlos, sumando rápidamente su puntuación. Tenía setenta y cinco puntos. Sólo necesitaba reventar un globo más. Estaba cerca del triunfo, pero no le gustaba mucho gastarse todo su dinero.

—Te voy a decir una cosa —dijo el hombre—. Como me has caído bien, te voy a dar tres lanzamientos por ese dólar. Seguro que esta vez lo consigues.

Asintiendo emocionado, Carlos le entregó su último dólar. Respiró profundamente, concentrándose en un globo rojo que giraba alrededor de la rueda. Se paró directamente delante de los globos que giraban, entornó los ojos y apuntó cuidadosamente, pero el dardo fue a dar entre dos globos. ¡En su siguiente intento ni siquiera le dio a la rueda!

One more chance, he thought to himself. He picked up the last dart and pitched it as hard as he could. The dart brushed the edge of a balloon, but the balloon didn't pop.

"Ohhh, *qué lástima*—what a pity," the man said, shaking his head. "Oh well, everyone's a winner at this booth. We have a nice prize for you, anyway. Close your eyes and open your hand."

Carlos felt something drop into his palm. He opened his eyes. It was a black plastic spider with green eyes.

"Look! It jumps when you squeeze the rubber ball," the man said. "You can scare all your friends."

Disappointed, Carlos slipped the spider into his pocket. "Let's go," he said to Gloria.

Una oportunidad más, pensó. Tomó el último dardo y lo lanzó tan fuertemente como pudo. El dardo rozó el borde de un globo, pero el globo no se reventó.

—¡Oooh, qué lástima! —dijo el hombre moviendo la cabeza—. Pero de todos modos, todo el mundo gana en este quiosco. Tenemos un buen premio para ti. Cierra los ojos y abre la mano.

Carlos sintió que algo le caía en la palma de la mano. Abrió los ojos. Era una araña negra de plástico con ojos verdes.

—¡Mira! Salta cuando aprietas la bolita de caucho —dijo el hombre—. Puedes asustar a todos tus amigos.

Decepcionado, Carlos se metió la araña en el bolsillo. —Vámonos —le dijo a Gloria.

As they were leaving the carnival, Gloria wanted to stop and see the farm animals. In the livestock building they stroked the newly sheared sheep and the goats that were waiting to be judged.

Suddenly, Carlos remembered his pet rabbit. He and Gloria rushed to the cages where the smaller animals were kept. Gordito twitched his nose against Carlos's fingers. A large blue-and-gold ribbon marked "Best of Show" was hanging from the cage.

"*Híjole!*" Carlos shouted. "Gordito won first place!" He ran up to the woman who was in charge of the rabbits. "Can I take him home now?" he asked, and the woman nodded. Carlos returned to Gordito's cage, carefully lifted out his prize-winning rabbit, and tucked him under his arm.

"Don't forget your money for winning first prize," said the woman, and she handed a grinning Carlos the five-dollar prize.

Cuando estaban saliendo de la feria, Gloria quiso parar para ver los animales de granja. En el edificio del ganado, acariciaron las ovejas recién esquiladas y los chivos que esperaban la decisión del jurado.

De repente, Carlos se acordó de su conejo. Él y Gloria se apresuraron para llegar adonde guardaban los animales mas pequenos. Gordito froto la nariz contra los dedos de Carlos. Una gran cinta azul y dorada que decia "El mejor de la exhibición" colgaba de la jaula.

¡Híjole! —gritó Carlos—. ¡Gordito ganó el primer premio!

Corrió hacia la mujer que estaba encargada de los conejos. —¿Me lo puedo llevar a casa ahora? —preguntó, y la mujer asintió con la cabeza. Carlos regresó a la jaula de Gordito, levantó con cuidado al conejo ganador y lo puso bajo su brazo.

—No te olvides el dinero del premio —dijo la mujer, y le dio a Carlos los cinco dólares de premio. ¡Carlos estaba feliz!

Carlos and Gloria began walking toward the exit of the fair, past the food booths selling tamales and posole, roasted corn and sopaipillas. On the way out, a man from another game booth called to Carlos.

"Hey, big guy! Come throw the ball in the basket. Everyone's a winner!"

For a moment, Carlos hesitated. He felt the money in his pocket, and then he shook his head.

"No. *El tonto y su dinero se separan pronto*—a fool and his money are soon parted," he mumbled, remembering what his father had told him on his birthday.

And proudly patting Gordito on the head, Carlos invited Gloria back to his house for another piece of cake.

Carlos y Gloria empezaron a caminar hacia la salida de la feria, pasando los quioscos donde se vendían los tamales y el pozole, el elote asado y las sopaipillas. Cuando salían, un hombre de otro quiosco de juegos le gritó a Carlos.

—¡Hey, muchachote! Ven a lanzar la pelota en la cesta. ¡Todo el mundo gana!

Por un momento, Carlos vaciló. Sintió el dinero en su bolsillo y luego dijo que no con la cabeza.

—No. El tonto y su dinero se separan pronto —murmuró, recordando lo que le había dicho su padre el día de su cumpleaños.

Y acariciando con orgullo la cabeza de Gordito, Carlos invitó a Gloria a volver a su casa para comer otro trozo de pastel.

SOPAIPILLAS

Recipe courtesy of Gloria Trujillo Warren

(Note: Only make this recipe with an adult's help, as the oil is very hot, and sopaipillas are a little tricky to make. When they're just right, they look like puffed-up pillows. Good luck!)

¼ cup warm water
1 ¼ cups milk
1 tablespoon shortening
4 cups flour
1 ½ teaspoons salt

1 teaspoon baking powder
1 tablespoon sugar
1 package yeast
Cooking oil for frying

Mix together the water, milk, and shortening. Heat the mixture in the microwave for about 2 minutes. Mix together the dry ingredients. Add the yeast. Slowly pour in the water-and-milk mixture. Knead together for a few minutes. Separate the dough into two or more balls; place in a plastic bag until dough rises (about 30 minutes). Fill a heavy skillet half-full with oil and heat to medium-high. Wait until the oil is very hot. Roll out each ball of dough into a thin, large rectangle. Cut into smaller rectangles (about 4 x 5 inches). Fry each piece until it puffs up, then turn it to quickly brown the other side and remove to paper towels to dry. If the dough sinks, the oil is not hot enough.

SOPAIPILLAS

Receta por cortesía de Gloria Trujillo Warren

(Nota: Prepara esta receta solamente con la ayuda de un adulto, ya que tienes que usar aceite muy caliente y las sopaipillas son un poco difíciles de hacer. Si salen bien, parecerán almohadas infladas. ¡Buena suerte!)

¼ de taza de agua tibia
1 ¼ tazas de leche
1 cucharada de manteca
4 tazas de harina
1 ½ cucharaditas de sal

1 cucharadita de polvo para hornear
1 cucharada de azúcar
1 paquete de levadura
Aceite para freír

Se mezcla el agua, la leche y la manteca. Se calienta la mezcla en el microondas unos 2 minutos. Se mezclan todos los ingredientes secos. Se añade la levadura. Se añade lentamente la mezcla de agua y leche. Se amasa unos minutos. Se separa la masa en dos o más bolas; se pone dentro de una bolsa de plástico hasta que suba la masa (unos 30 minutos). Se llena de aceite un sartén por la mitad y se calienta a temperatura más bien alta. Se espera hasta que el aceite esté bien caliente. Se aplana cada bola con el rodillo para formar un rectángulo grande y delgado. Se corta en rectángulos más pequeños (de 4 por 5 pulgadas). Se fríe cada porción hasta que se infle. Luego, se le da la vuelta para dorar rápidamente el otro lado y después se saca y se pone encima de toallas de papel. Si la masa baja, es que el aceite no está lo suficientemente caliente.

About the Author/*Sobre la autora*

JAN ROMERO STEVENS was born in Las Vegas, New Mexico, and has lived all her life in New Mexico and Arizona. She has always been entranced by the culture, history, food, and people of the Southwest. Now living in Flagstaff, Arizona, with her husband, Fred, and two sons, Jacob and Paul, Jan is exploring her Hispanic heritage by studying Spanish with her children. She frequently visits family in northern New Mexico. The response of children throughout Arizona to her English and Spanish readings of her first children's book, *Carlos and the Squash Plant*, inspired Jan to continue with the *Carlos* series. In addition to writing for children, Jan has written for newspapers and magazines for eighteen years.

JAN ROMERO STEVENS nació en Las Vegas, Nuevo México, y ha vivido toda la vida en Nuevo México y en Arizona. Siempre le ha cautivado la gente y la cultura del Suroeste, su historia, su gastronomía. Ahora vive en Flagstaff, Arizona, con su esposo, Fred, y con sus dos hijos, Jacob y Paul. Jan está explorando su herencia hispana y para ello estudia español con sus hijos. A menudo visita a su familia en el norte de Nuevo México. La respuesta que tuvo por toda Arizona a sus lecturas en inglés y en español de su primer libro para niños, Carlos y la planta de calabaza, animó a Jan a continuar con la serie de Carlos. Además de escribir para niños, Jan ha escrito para periódicos y revistas durante dieciocho años.

About the Illustrator/*Sobre la ilustradora*

JEANNE ARNOLD is a freelance illustrator and painter who lives with her husband in Salt Lake City, Utah, where she enjoys gardening, hiking, and skiing in the nearby mountains, and backpacking in the Southwest desert. As part of her recent graduate studies at Johnson State College in Vermont, Jeanne studied art for one summer at the International School of Art in Umbria, Italy. She previously illustrated *When You Were Just a Little Girl*, by B. G. Henessy (Viking), in addition to *Carlos and the Squash Plant, Carlos and the Cornfield*, and *Carlos and the Skunk*. She turned to Mexican painters such as Diego Rivera, Latin American folk artists, and Taos painters for inspiration in capturing the regional and Hispanic flavor of the *Carlos* books.

JEANNE ARNOLD es una ilustradora y pintora independiente que vive con su esposo en Salt Lake City, Utah, donde disfruta de la jardinería, las caminatas y el esquí en las montañas cercanas, además de hacer excursiones por el desierto del Suroeste. Como parte de sus estudios de postgrado en el Johnson State College en Vermont, Jeanne pasó un verano estudiando arte en la Escuela Internacional de Arte en Umbría, Italia. Anteriormente había ilustrado When You Were Just a Little Girl, por B. G. Henessy (Viking), además de Carlos y la planta de calabaza, Carlos y la milpa de maíz y Carlos y el zorrillo. Para captar el sabor regional y latino de los libros de Carlos, se inspira en pintores mexicanos como Diego Rivera, en artistas populares latinoamericanos y en los pintores de Taos.

The illustrations were rendered in oil paints on gessoed Lan Aquaralla watercolor paper
The text type was set in Matrix Book/Berkeley Book Italic
The display type was set in Matrix
Composed in the United States of America
Art Directed by Jennifer Schaber
Designed by Mike Russell
Edited by Erin Murphy
Spanish translation and editing by Mario Lamo-Jiménez and
Straight Line Editorial Development
Production supervised by Lisa Brownfield

Printed in China by Palace Press International

FIRST IMPRESSION
ISBN 0-87358-733-2

Library of Congress Catalog Card Number Pending

0717/7.5M/6-99